# 奧林匹克
## 歷史●知識●爆笑大放送

U0134627

# 目錄

# 奧運的起源

A博士，奧運會是否源於美國呢？

不對！最早是源於古希臘……卻因舉辦地點在「奧林匹克」而得名。

其實奧運的發展可分為古代和現代兩個時期……

最初的奧運會，是古希臘人祭祀主神宙斯的活動……運動會為期五天，期間祭壇上晝夜都點燃著聖火……

4

奧運會在公元238年開始衰落……隨後又遇上天災人禍，加上當時的帝王禁辦，古奧林匹克競技場竟變作一片廢墟……

那又何來現在的奧運會呢？

直至一位熱愛古希臘文明的法國教育家—皮埃爾·德·顧拜旦的出現，奧運會才得以重現呢！

1894年，顧拜旦在巴黎邀請了十五個國家代表，組成了國際奧林匹克委員會，並決定第一屆運動會在雅典舉行……

奧運會順利於1896年4月6日開幕,當日也是希臘獨立75週年紀念日,具有雙重意義。

以後每4年由世界各大城市輪流主辦,如今除了非洲以外,其餘四大洲都曾舉辦過奧運會。

會徽和會旗也是由顧拜旦親自設計!

現代奧運會已成為和平與友誼的象徵!

噫，第一個奧運金牌由哪個國家奪得？

一定是擁有主場優勢的希臘吧！

那就錯了！史上首位金牌得主是來自美國的康諾利，他在三級跳遠項目中創出13.71米成績。

美國旗是首面在奧運會中升起的國旗。

你若參加比賽，也許還有勝出的機會……成為首隻奪得金牌的貓！

bid!
9000!
8000!
7000!
6000!

嘻嘻……讓我上網查看奧運門券……我想先做隻「招財貓」呢！

7

Q小子很努力在練功夫呢！

他說要參加2028洛杉磯奧運，奪取功夫項目金牌！

8

奥運
金牌？

看來他要大
失所望了！

怎麼？認為
我的功夫不
夠水準，難
以奪金麼？

這並非功夫
夠不夠的問
題，而是奧運
根本沒有國術
比賽項目！

那麼，如何
才可以成為奧
運正式比賽
項目呢？

根據奧林匹克憲
章，要被列入奧運
會正式比賽項目，
男子項目至少要在
4大洲75個國家廣
泛展開……

女子項目至
少要在3大洲
40個國家廣泛
展開，才可列入
奧林匹克運動比
賽。

9

國際奧委會每四年就會對現有的項目進行一次檢閱……

近年來新加入的項目有滑板、衝浪、攀岩等等……在2024的巴黎奧運會，更加入了由街頭舞蹈演變成的霹靂舞項目。

新項目必須在 7 年前提出申請，項目會先列入奧運會表演項目，被接受後就會列入下屆奧運會，成為正式比賽項目。

可是，報章報道「中國國術已成為特設項目」的！

所謂「特設項目」，既非正式比賽項目，亦非「表演項目」，是沒有獎牌的！

苦練武功，卻無用武之地……

有啦！

我可以用中國功夫的輕功來參加跳高！

11

為甚磨奧運會要有口號？

A博士，那是甚麼意思？

那是今屆奧運會的口號嘛！

PARIS 2024
Ouvrons grand les Jeux

這個口號體現了團結、友愛、進步、和諧、參與和夢想的奧林匹克精神⋯⋯

是在2萬多份參選作品中挑選出來的！

中國人一直有「天人合一」、「以和為貴」的觀念，追求人與自然、人與人的和諧關係。

象徵全人類同屬一個世界，共同追求美好夢想。

歷屆奧運會口號，都是精心挑選，務求體現奧運精神和深入人心……

以下是近幾屆的奧運口號。

2024 巴黎 奧運更開放
2020 東京 激情聚會
2016 里約 一個新世界
2012 倫敦 激勵一代人
2008 北京 同一個世界，同一個夢想！
2004 雅典 歡迎回家
2000 悉尼 奧林匹克精神
1996 亞特蘭大 世紀慶典
1992 巴塞隆拿 永遠的朋友
1988 首爾 和諧、進步
1984 洛杉磯 參與歷史

如2004年雅典奧運的口號「歡迎回家」，表達出希臘作為奧運發源地的淵源。

1924年巴黎奧運的口號「更快、更高、更強」表示奧運不斷進取的精神。

1992年巴塞隆拿奧運正值冷戰結束後，口號是「永遠的朋友」見証和平的歷史意義。

奧運會的理想：
盼望將不同種族、國家的人以運動競技連結在一起，避免戰爭……

所以「同一個夢想」實際上就代表「世界和平」這個祝願。

全人類有著同一個夢想，挺有意思呢！

但我不只有一個夢想啊！

還有美味的大餐…

遊戲機…

和漫畫書等等……

14

古代奧運會有甚麼規定？

原來奧運會在古代的希臘已經開始，真是歷史悠久啊！

對！第一屆的奧林匹克運動會，在公元前776年舉行。

A博士，古代的奧運會跟現代的有何不同？

不同之處可多呢！首先⋯

只有希臘血統的公民才能參加奧運會……

奴隸、外國人、犯過罪的人、對神不虔誠和犯了瀆瀆行為的人都不能參加。

噢！只是希臘人的玩意？

應該說，「只是希臘男人的玩意！」

為甚麼？

因為規定女孩子不但不能參賽，連觀看也不允許。

甚麼？不公平啊！

禁止女性參與有兩個主要原因：第一，古希臘體育競技是宗教慶典內容之一……

女性參加或出席會被認為是對神不敬……

哼！

第二，古代奧運會部分競賽項目，規定參賽的運動員必須赤身裸體進行比賽。

赤…身裸體？

不錯，比賽時，會要求裸體的運動員全身塗上橄欖油，使身體在陽光的照射下熠熠生光，肌肉更富彈性……顯示出希臘人對力量與美的追求。

歡迎參加古代奧運會…

你敢？！

說笑而已…

古代奧運還有甚麼規定？

17

賽事進行時，都有手持棍棒或皮鞭的裁判在旁監察，犯規的運動員會立即遭受鞭打或棒擊。

這不僅是肉體上的懲罰，也是精神上的羞辱，因為在希臘，體罰只容許對兒童和奴隸的教導才可使用。

嘻
嘻
嘻

你想做甚麼？

你上次參加學校賽跑時偷步…還沒有受罰呢…

# 奧運五環代表甚麼？

這五環標誌，是在1913年設計沿用至今⋯⋯

為何是五環，不是六環、七環？

其設計原意是：五環的藍、黃、黑、綠、紅，五種顏色概括了當時所有會員國的國旗顏色。

## 奧運為甚麼要點聖火？

古代奧林匹克運動會的點燃聖火儀式，起源於古希臘人類自上天盜取火種的神話。

依照宗教規定，人們聚集在宙斯廟前，從祭壇點燃火炬⋯

火炬手高舉火炬，一邊奔跑，一邊呼喊：

停止一切戰爭，參加運動會！

# 奧運選手穿甚麼服裝？

當然是穿著各式運動服！

裸體可以嗎？

當然不可以！

錯了！
歷史記載，古代的奧運會規定必須赤身露體進行比賽！

據說，最初的古代奧運會參賽者，是披著獸皮衣服進行比賽的……

在某次比賽中，一位選手的獸皮被扯落……在這次意外事件中，人們發現肌肉的健美，遂規定以後一律赤身比賽。

等一等！現代選手若裸體參賽，肯定被取消資格呀！

25

# 首隻奧運吉祥物

豬小弟，我們買雪糕吃吧！

我要儲錢買北京奧運吉祥物的產品，不吃了。

差點忘了你是「奧運迷」呢！

那我考考你，首隻奧運吉祥物是何時誕生的？

1972年在德國慕尼黑舉辦的第20屆奧運會……

主角是一隻名叫「Waldi」的德國臘腸狗。

A博士，為甚麼會有吉祥物的出現？

吉祥物寓意帶來好運……

歷屆的奧運東道國為祝願運動會圓滿成功，會選出有該國特色的動物或玩意作為吉祥物呢！

歷屆奧運會吉祥物：
第20屆：德國臘腸狗 Waldi

第21屆：海狸 Amik

第22屆：棕熊 Misha

第23屆：老鷹 Sam

第24屆：小老虎 Hodori

第25屆：小狗 Cobi

第26屆：電腦造型 Izzy

第27屆：鴨嘴獸 Syd、笑翠鳥 Olly、針鼴Millie

第28屆：陶土雕塑玩偶 Athena 和 Phevos

2012年倫敦奧運會
吉祥物：文洛克(Wenlock)
殘奧會：吉祥物曼德維爾
(Mandeville)
口號：「激勵一代人（Inspire A Generation）」

2016年里約熱內盧奧運會
吉祥物：維尼休斯(Vinicius)
殘奧會：湯姆(Tom)
口號：「一个新世界
（A New World）」

2020年東京奧運會
吉祥物：未來永恆(Miraitowa)
殘奧會:吉祥物染井
吉野(Someity)

口號:「激情聚会
（United by
Emotion）」
2024年巴黎奧運會
吉祥物：弗里吉
口號：「奧運更開放
（Games Wide Open）」

通過可愛的吉祥物，不單能令奧運會變得更生動、親切，更能為東道國帶來經濟效益呢！

那麼我Q小子也要申請成為下屆的吉祥物…嘻，好賺些版權費嘛！

2008北京奧運會，選出「福娃」為吉祥物……

「福娃」是五個可愛的小傢伙，他們的造型融合了魚、大熊貓、藏羚羊、燕子以及奧運聖火的形象……

貝貝是魚。
晶晶是大熊貓。
歡歡是聖火。
迎迎是藏羚羊。
妮妮是燕子。

他們的名字有甚麼意思嗎？

他們名字連在一起的諧音就是：「北京歡迎你！」

每個福娃都有專屬的顏色，分別代表奧運五環其中一環……

國際奧委會對吉祥物的要求頗高。

奧運吉祥物必須具備以下條件：
一. 具有廣泛的內涵和意義。
二. 有助於表達奧林匹克精神。
三. 能代表東道主的歷史文化特色。
四. 有利於用英文表達。

Q小子，你說你有何資格擔任奧運會吉祥物？

唔，如果有鬥懶比賽，Q小子當然就有資格成為吉祥物！

# 傳聖火

# 妙傳聖火

 解「扣」大師

# 處變不驚

# 破紀錄

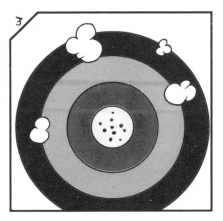

# 錯有錯著

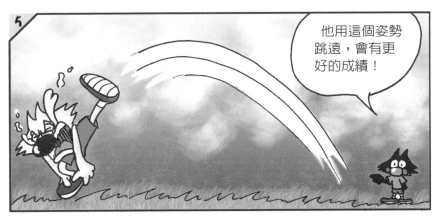

快要進行跨欄賽了，但場地仍未準備好！

臨時才發覺缺少幾個欄⋯⋯

我不管你用甚麼辦法，比賽前一定要給我辦好！

43

# 一物二用

哇！破了
世界紀錄！

# 太舒服了

# 商業掛帥

升旗禮！

我們已把「升旗禮」賣給了廣告贊助商……

# 最短的火炬交接儀式

**按照傳統**，每屆奧運會開幕前，希臘奧委會在古奧林匹克遺址取得聖火後，會先在希臘境內先進行火炬傳遞，歷時三至五天。

但是，1984年洛杉磯奧運會的火炬交接儀式，卻是自舉辦以來時間最短的一次，也是唯一沒有在希臘境內傳遞的一次。

當年美國奧委會安排，任何願意捐一定數額善款的民眾都可以參加火炬接力。捐款作慈善用途。但希臘奧委會認為向參加者收費有悖於奧林匹克精神，經過商討後，決定由最高女祭司在奧林匹克遺址取得聖火，但不在希臘境內進行傳遞，以示對美國的不滿。

當最高女祭司將火種交給國際奧委會官員，再交給洛杉磯奧組委後，整個儀式只有短短的幾分鐘，成為史上時間最短的一次。儘管該屆奧運會備受批評，但他們也為未來的奧運會創造了新模式，而善款更高達兩億多美元。

風之后 李麗珊

今屆的亞運會，香港得到６金12銀10銅，破了以往的紀錄呢！

加油、加油！

尤其是風帆項目，繼李麗珊在1996年奪得奧運金牌以來，新一代的選手已成長了！

1996年？我還未出世呢！說說李麗珊的故事給我聽……

李麗珊生長在香港的離島長洲。她七歲時父親去世，由母親一手撫育她與11個兄弟姊妹長大成人。

李麗珊自小與海為伴，熟悉水性。在12歲開始，更受到舅舅的影響，開始接觸風帆運動。

受訓其間，李麗珊當然遇到挫折、受傷和氣餒的時候，但憑著她堅毅剛強的性格，加上舅舅的勉勵和支持，在19歲那年，她終於成為香港的風帆代表隊隊員。

1996年，李麗珊踏上她運動事業的頂峰，在亞特蘭大奧運會上……

她奪得女子滑浪風帆金牌，為香港取得「零的突破」，成為香港有史以來最傑出的運動員。

李麗珊取得金牌後，很激動地説出一句話，你們知道是甚麼嗎？

我知道！

她説：「香港運動員不是垃圾！」

李麗珊一夕成名，被稱為「風之后」，香港也因此掀起了一股「珊珊」效應，學玩風帆的人數大幅增加……

所以我也學玩風帆，希望有朝一日，也成為「風之后」！

妳已經做到了！

甚麼？

妳是「風之後」，在後面的「後」！

55

# 世一劍神
# 張家朗

「我們可以證明,其實我們只是一個很小的地方,但都可以做到很多不同的事,只要能夠相信自己,不要因為自己在一個很小的地方,而去放棄或不堅持。」

這句說話是香港「世一劍神」 張家朗在賽後說的,他日前成功衛冕奧運男子花劍冠軍,更是本世紀首位有此成就的男花劍手,驕人成績讓全港沸騰,成績背後不乏汗水和努力的付出。

張家朗劍擊生涯並非一帆風順,受傷乃兵家常事,落敗而困惑懷疑亦正常不過,人總會有失意的時候,輸贏從來都不重要,重要是遇到挫折後堅持初心、超越自我的過程。

　當張家朗落後十二比十四，對手步步進逼，面對巨大壓力的他，卻能迅速調整心態，在體育場上盡現永不放棄的香港精神，最後反勝對手，為香港劍擊運動締造歷史。

　一切皆有可以，未到最後時刻，又怎麼知道一定會失敗？人生就是如此多變神奇，許多事都貴在堅持及嘗試，龜兔賽跑的道理正正體現於此。

# 女飛魚何詩蓓
# 破浪前行

「有一種運動，沒有隊友，也沒有對手，只有自己。自己決定在甚麼時候開始，就一直不停地向前。累了，自己就決定要不要停下來。停多久，要不要繼續，都是自己主宰。」

游泳本是一種絕對孤獨的運動，需要經過不斷的努力才能成功。被譽為香港游泳界的「女飛魚」何詩蓓，她的路途也曾有過高山低谷。

在賽後，她曾說：「整個旅程可能不容易，但如果你有夢想，就一路跟住追落去」，這句說話在許多人心中不經意地留下烙印。

她在連續兩屆的奧運取得了兩面獎牌，刷新

港隊歷史;其出色的表現不僅為香港贏得榮譽,
她的成就亦激勵了一代又一代的香港游泳健兒追
求夢想、勇往直前。

人生在世,沒有事情是完美,我們總會有一
絲遺憾。比賽場上有輸有贏,我們並不是為了
與他人比較而活,而是為了尋求方法使自己進
步,突破自己的界限。

當何詩蓓踏上這個奧運舞台,她雖未能登上
頂峰,但卻已經超越自己。

# 江旻憓
# 決一劍稱后

　　香港劍擊隊近年人材輩出，今屆奧運成為焦點在所，除了男花衛冕冠軍張家朗外，「學霸劍后」江旻憓亦為香港寫下港隊在單屆奧運的最佳成績，運動員頑強奮戰奪得獎牌，熱血場面亦長留於觀眾心中。

　　在熱烈慶賀江旻憓奪金的同時，不得不提到其樂觀面對困境的人生態度及堅持不懈的競技精神，相較之下，這可是比獲得奧運金牌更難能可貴的。

　　女子重劍「世一」劍手江旻憓，曾兩度膝頭前十字韌帶斷裂，就運動員而言，相當於斷送自己的職業生涯。

　　可是，她卻沒有因此而放棄，很快開始康復計劃，以正面心境面對逆境，尋求改變的方法；在奧運場上同樣展露出其優秀的心理質素，面對落後一比七，卻無絲毫慌亂，一劍又一劍逆轉劣勢，最後「決一劍」稱后，就像昔日面對嚴重傷患般，總是很快尋求改變，將逆境快速扭轉。

　　心態決定一切，別讓情緒主導人生。永不放棄是香港精神，無懼風雨，勇往直前，一定能實現夢想。

甚麼？
我轉體三周半
加平穩落地，也
沒有加分嗎？

起腳勁射

入球了！

進了己方的龍門！

# 退出的原因

1 我要退出田徑隊了！

2 為甚麼？

3 因為我推鉛球時弄斷了一隻腳趾！

喔！

4 是不是很痛？

5 不知道！

怎會不知道？

6 那是教練的腳趾！

# 健身器材

# 砲彈飛船

我要特製一艘必勝龍舟！

# 出位動作

# 首屆奧運 千瘡百孔

19世紀末，歐洲知識分子萌生復興古代奧運會的念頭。由於希臘是奧運會的發源地，因此首屆現代奧運會的主辦權便歸希臘所有，其開幕儀式在1896年4月6日舉行。

當時他們缺乏資金，幸好希臘集郵協會創辦人薩卡拿科斯發行了一套奧運紀念郵票，籌集資金，加上希臘王儲康斯坦丁利用其影響力呼籲市民及商人慷慨解囊，才有足夠的成本來籌辦。

當時奧運會仍未普及，加上交通不便，大部分知名運動員都沒有出席，而比賽安排亦不完善，例如游泳比賽只能在公海上舉行；而帆船項目更因欠缺船隻而臨時取消！

此外，由於大會沒有詳細的規則，有些射擊運動員因槍械不合規格而不能參賽，甚至連閉幕儀式亦因天雨關係押後一天，賽事最終於4月15日草草結束。

復興古代奧運會

為甚麼有  賽跑？

A博士，為甚麼長跑運動都叫「馬拉松」？

你笨死啦，這樣也不懂？

因為長跑太辛苦啦，辛苦得就像馬老師拉著一顆松樹去跑一樣……

馬拉松本是個地方名，而且跟一次戰役有關……

胡說八道！

71

約兩千五百年前，波斯（今伊朗）國王想吞併希臘各城邦……

要他們獻出「水」和「土」，以示臣服於我！

當時很多城邦都屈服了，除了斯巴達和雅典……雅典更高呼「要自由，不要做奴隸」的口號。

你要「水」和「土」，就自己下井去拿吧！

啊！

甚麼？竟敢殺了我的使者？我要派兵剷平他們的城邦！

波斯首先攻打雅典，雅典派傳令兵Pheidippides跑步到斯巴達去請求援軍……

72

他跑了幾天幾夜…可惜斯巴達人嫉妒雅典的聲望，堅拒不出兵，他只能帶回失望的信息。

幸好雅典軍隊以出奇制勝的戰術，大敗波斯軍隊，將他們趕回海中……

本來疲倦不堪的費里皮德斯大為興奮，立刻從馬拉松跑回雅典，向民眾宣布喜訊……

我們勝利了！

他用盡了最後一口氣，便隨之倒地身亡。

後人為了紀念他的事跡，在1896年的第一屆雅典奧運會上，以「馬拉松」來命名長跑項目。

初期的馬拉松沒有劃一的長度標準，後來才確立現在的42公里195米為國際準則。

這長度是當年由馬拉松跑到雅典的距離嗎？

才不是呢！1908年的第四屆倫敦奧運會，把馬拉松的起點定在溫莎堡，終點則在運動場的皇室包廂前，42公里195米長度的距離，就成為以後的標準距離。

信不信由你，我也曾參加過馬拉松！

哇！那你跑第幾？

當然跑了個第一！

哇！

我第一個跑上前去遞水給馬拉松選手！

75

比賽中，來自意大利的糖果商人多蘭多·皮特里和美國的約翰·海斯遠遠拋離其他參賽者，一直領先。

突然，瘦小的皮特里拼命加速，他第一個跑進體育場內，但由於急劇衝刺使他過度消耗體力……

他開始感到頭昏眼花，連方向也分不清……

結果皮特里跑錯方向，一位好心的官員便跑過去幫他一把。

你跑錯方向啦!!

但距離終點只有70米之際，皮特里突然撐不住倒下。幾秒鐘後他再次站起來，可是未能走上幾步又再跌倒。

在觀眾的打氣聲中，皮特里最終撲倒在終點附近……此時，美國的海斯已一步一步的迫近……

皮特里！

皮特里！

振作呀！

由於皮特里得到工作人員的幫助衝線，大會改判晚到半分鐘的海斯為冠軍。

在場的兩位裁判和記者於心不忍，他們立刻上前扶著虛脫的皮特里，直至他跑完最後的15米。

皮特里獲悉被取消冠軍時悲痛萬分……在場親眼目睹這一幕比賽的英國皇后特別頒發金杯一座給他，以表揚皮特里的堅毅精神。

77

加油啊!

YEAH,
Q小子衝
過終點!!

我跑包
尾了……

不用介懷,
一位主教曾在馬
拉松賽後説:

「重要的不是
勝利,而是參加!」
從此成了廣為流
傳的名言。

考試時也
可以用上這
句説話嗎?

# 沒有冠軍的比賽

在第五屆瑞典奧運會的**摔跤**比賽中，發生了一件前所未見的事。當時有29名摔跤選手經過6天的比賽，最後剩下2名進入決賽。他們施展渾身解數，鬥個你死我活，拼搏了9個多小時仍未能分勝負！

觀眾們也失去看下去的意欲了。後來兩名選手都筋疲力竭，無法再繼續比賽，而裁判只好宣布停止比賽，而當時的奧運會並**沒有雙冠軍**的規則，於是只好將他們並列為第二名。

如此這般，這場賽事成了奧運史上**唯一一場沒有冠軍**的比賽呢！

剛才你若傳球給我…你就不會輸啦！

就是因為你…我才會輸！

不要吵了。先聽我說一個故事吧！

1932年，奧運會在美國洛杉磯舉行。美國女子田徑隊在這一屆席捲了六面金牌中的五面。

在跳高項目中，18歲的迪德里克森和隊友希利競爭激烈…

她們互相鼓勵、互相學習，在訓練時已建立了深厚的友誼。

但在奧運的比賽場上，兩人互不相讓，結果同樣以1·67米的成績打破世界紀錄。

1.67

誰是第一？

傻瓜，當然是繼續比賽直至分出勝負。

你怎會知道？

我當然知道！

別吵了！

這個時候，裁判卻說迪德里過杆時，是頭部先過杆，屬於技術犯規，得分因此被宣佈無效…

迪克里森對判決的結果非常不滿，她憤怒地向裁判抗議。

82

經再三了解後，裁判改判她獲得銀牌，而希利則成為金牌得主。

無論比賽結果如何，也無損兩人的友誼。這對好朋友後來將各自的獎牌切割成兩半，焊成半金半銀的兩面獎牌，彼此各持一枚，以見證友情。

我明白了，我們不應該因為比賽輸了而吵架啊！

為見證我們的友情，就讓Ａ博士請我們去餐廳大吃一頓吧！

贊成！

說起不公平，我就想起1908年奧運會中一場最受爭議的比賽。

那場比賽的選手也犯了規嗎？

那是距今一百年前的奧運會。當時的比賽還沒有像現今的規範化…

在那場比賽中，充分突顯了國家與國家之間的分歧。

那屆奧運會在倫敦舉行，其中一場400米賽跑，四名選手裡有三個是美國人，而只有一名是英國人。

比賽時，美國選手卡彭特故意跑到英國選手哈斯威爾的跑道，阻礙他前進。言在當時美國的賽跑比賽中是很常見的。但在英國人眼中，這就是「犯規」。

所以當卡彭特將要衝線時，一個憤怒的英國裁判把終點帶扯掉，不讓他衝線，直至哈斯威爾衝線時，才把終點帶重新拉好。

噇，這個裁判太偏私了吧！

沒錯，所以美國人抗議，最後大會判定這場比賽無效…

第二天重賽時，以繩子分開跑道以避免衝撞。

為表達不滿，美國選手拒絕參賽，因此參賽者只有哈斯威爾一人。
最終他以50秒的成績完成比賽。

自此以後，國際奧委會決定以後奧運會的裁判…

必須從各國的裁判中遴選出來，避免再有不公平的情況出現。

這辦法不錯，我們兩隊應該也各找一個人當裁判！

那要找誰呢？

乾脆我自己下場當裁判好了！

不會變成兩個裁判打架吧。

# 主場之利？

1900年，第二屆奧運會在法國巴黎舉行。馬拉松比賽當天，氣溫高達39度。烈日之下13名選手中只有7位跑足全程。比賽起點在一個跑馬場，而賽程是圍繞巴黎市區一圈。這安排使法國選手佔盡優勢，憑著對巴黎地形的熟悉，他們在跑馬場與折返點之間選擇最近的路線，節省了不少時間。結果法國選手包攬了前三名。其他國家的運動員都因為對道路不熟悉而跑了不少冤枉路。有選手更中途迷路，也有選手一直以為自己領先，最後卻只得第五名。一些觀眾聲稱看到法國選手抄小路，更有他們乘坐馬車代步的說法。種種傳言令那一屆奧運會馬拉松金牌一直懸空，直至12年後，法國選手希托才被追認為冠軍。

# 甚麼是帶氧運動？

要真正達到燃燒脂肪，則需要做「帶氧運動」。

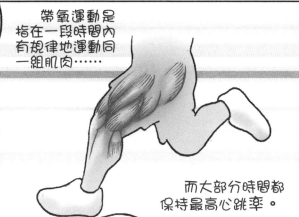

帶氧運動是指在一段時間內有規律地運動同一組肌肉⋯⋯

而大部分時間都保持最高心跳率。

其特點是強度低、有節奏，並且能持續較長時間的運動。

相反，像你剛才這樣劇烈的運動，則需在較短時間內進行和完成⋯

有氧代謝來不及為身體提供所需，於是身體就會進行無氧代謝，以迅速產生大量能源。

無氧代謝會使體內產生過多的乳酸⋯⋯

乳酸

乳酸

乳酸

乳酸

導致肌肉疲勞，運動後會感到肌肉痠痛，呼吸急促。

呼!我也來休息一下吧!

你跑多久了?

我跑了十分鐘!

這樣見不得有效。

因為在運動的首10至15分鐘,所靠的是糖和蛋白質⋯⋯

糖

蛋白質

在10至15分鐘以後脂肪才被燃燒。

脂肪

這樣說,即使做帶氧運動也得要持續30分鐘左右吧?

對!

由於帶氧運動需要持續,並保持高心跳率,因此呼吸量及心臟收縮次數亦較平時為多。

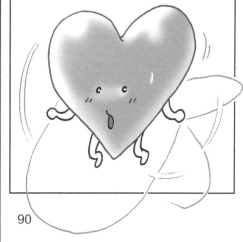

90

帶氧運動

每星期做3次運動，每次
40-45分鐘，其中

-10分鐘熱身

-20-25分鐘帶氧運動包括行
路、踏單車及踏上踏落
(Stepper)、游泳等……

-10分鐘放鬆及深呼吸運動

做運動要
持之以恆。

朱古力，
你繼續吧！
我們要去吃
下午茶！

我……嚴
重缺氧了！

Help!

唉…
怕了你…

一起去吧……

# 向汗臭說 Bye-bye

中場休息
15分鐘。

**BB~**

真可惡！落後一球呢！

不要緊！下半場追回來吧！

河馬沒有毛髮和汗腺，身體卻會分泌出一種紅色的黏性液體……

既能防止昆蟲叮咬，又可保護皮膚，避免出現脫水和龜裂。

95

那甚麼是狐臭？

是狐狸才有的嗎？

是細菌在作怪啊！

汗液經過寄生在皮膚的細菌分解後，就會產生難聞的氣味。

尤其在運動後，身體表面會變得高溫潮濕，成為細菌繁殖的溫床，此時汗臭會更加強烈。

有預防狐臭的方法嗎？

最重要是注重個人衛生，如勤洗澡、勤換衣服……

97

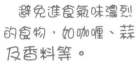

避免進食氣味濃烈的食物，如咖喱、蒜及香料等。

當身體消化這些食物後，會令汗水散發出濃烈氣味。

河馬先生，辛苦你了，抹點汗吧！

別人會以為你在討好球證！

我只想借助河馬特有的「血汗」來防曬而已！

這樣太不合衛生了！

# 戰爭中的火炬

　　1948年的奧運會安排在英國舉行，但聖火發源地希臘正在內戰，當時的奧林匹亞山被反政府人民軍佔領。為了取得奧運聖火，英國政府決定派兵出征。

　　於是英軍海軍艦隊開火向人民軍進行猛攻。當英軍順利攻佔山頭準備拿取聖火時，負責的祭司們還在雅典城裡趕不及過來，英國政府只好臨時拉伕上陣，找了當地的一位導遊來取聖火。

　　波折重重下，火種才得以傳到倫敦。這次奧運會火炬接力於7月17日開始，由倫敦開始，歷時12天，途經意大利、瑞士、法國、比利時等。為奧運會而發動戰爭，有人認為是違背了奧運所標榜的團結及和平精神，因此這一年的聖火事件被人稱為炮火點燃的火炬。

# 為甚麼黑人比白人跑得快？

A博士，為甚麼在大部分跑步比賽中，黑人都會輕易勝出？

這與黑人的生理特徵有著密切關係……

黑人的腿較白人長，肌肉亦相對較多……

當黑人運動員跑步時，腿部的肌肉纖維會在無氧呼吸的情況下，製造較多的能量…

以同樣速度奔跑時，黑人比白人運動員需要較少氧氣。

黑人腳底屈肌強度約150-200kg，彈力比白人高出2-3倍。這就是黑人運動員戰無不勝的原因！

肌肉較多就能跑得快嗎？

除了生理特徵，耐力也是勝出的關鍵。

由於黑人長期生活在高溫熱帶，具有耐熱和調節溫度的優勢……

經過劇烈運動後，黑人流汗量較白人少，很快便能回復體溫。

黑人不就是運動界的天才嗎？

沒錯，不過他們在某些競賽卻處於劣勢。

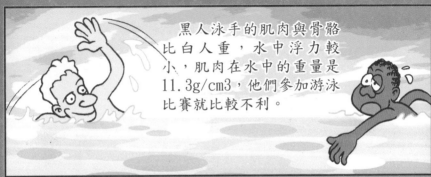

黑人泳手的肌肉與骨骼比白人重，水中浮力較小，肌肉在水中的重量是 $11.3g/cm3$，他們參加游泳比賽就比較不利。

還有，黑人由於四肢修長，身體重心偏高，舉重項目方面也比較吃虧。

柔道、摔角等運動也相對較弱。

Ａ博士，我以後怎樣胡鬧也心安理得了！

你也是黑色的，天生忍耐力較高嘛！

# 黃蜂幫助得奧運冠軍

連黃蜂也怕？你可知道黃蜂也有助人的時候嗎？

此事發生在1960年第17屆羅馬奧運會上⋯⋯在公路自行車團體賽上，當時的一場比賽正進行得如火如荼⋯⋯

臨近終點時，3位車手曾一度並駕齊驅。

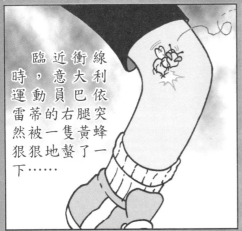

臨近衝線時，意大利運動員巴依雷蒂的右腿突然被一隻黃蜂狠狠地螫了一下⋯⋯

哎呀！

很痛！快點衝向終點，把這該死的黃蜂拍死！

你這隻大黃蜂真可恨！

其實你能奪得冠軍……多虧黃蜂的幫忙啊！

蒂雷已蜂甚流得感動得流眼淚。

巴依後就把黃蜂撿起來，帶給他好運的黃蜂，為了紀念這隻帶來好運的黃蜂……

聽後就死去的黃蜂撿起來激動至下……

106

還特地做了做了一個精美的木匣，把黃蜂和金牌放在一起。

Q小子呢?

你在幹甚麼?

黃蜂原來這麼能幹，我也想飼養呀，好讓比賽時，牠們也能助我一臂之力!

不要呀!

# 奧運史上首面仿製金牌

他是前蘇聯的賽艇運動員。在第16屆墨爾本奧運會男子單人雙槳賽艇比賽中，18歲的伊萬諾夫以8分2秒5的成績衝線，奪得運動員生涯中的第一面金牌。

走下頒獎台的伊萬諾夫異常興奮，禁不住不停親吻著這枚金牌……

跟著，他又把金牌拋向空中……

但由於用力過猛，金牌竟在空中劃過一條弧線……

竟飛掉進不遠的湖裡……

這時伊萬諾夫不顧一切跳入水中搜尋……

儘管全體隊員也紛紛潛入水底幫助搜索，但依然一無所獲。

他真的損失慘重啊！

他因此整天愁眉苦臉，國際奧委會不忍心看到他失望而別……

經過商議，趕忙仿製了一枚「金牌」送給他。

這是奧運史上首面仿製「金牌」！此後，伊萬諾夫在1960和1964年分別於羅馬和東京衛冕冠軍，實現了他「三連冠」的宏願。

他再也不敢亂拋獎牌了吧！

哈哈～……

# 冒牌聖火？

　　1976年加拿大蒙特利爾奧運會的火炬傳遞，僅僅花了**5天時間**，聖火於7月13日在奧林匹亞燃點，由希臘火炬手接力傳到雅典，之後透過衛星感應器將聖火的熱能轉換成電波，並於半秒鐘內傳達至加拿大首都渥太華。

　　聖火在火炬台上燃燒了11天，突然被一場長達**20多分鐘的大雨**澆熄了。按照國際奧委會規定，火炬熄滅意味著大會閉幕。一名場地監督見狀，隨即衝上聖火台，以打火機燃點聖火，後來聖火也被稱為「贗品」。奧組委經過討論後宣布用打火機燃點「聖火」無效，並改以安全燈的火種，來重新燃點聖火。

編著 方舒眉

漫畫 馬星原

編輯 世紀文化編輯室

美術及製作 白貓黑貓工作室

出版 世紀文化有限公司

香港上環德輔道西27號
星衢商業大廈6樓A室

電話：2850 8989

電郵：centuryculture@yahoo.com.hk

WhatsApp: 6565 9722

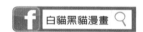 

# 奧林匹克

### 歷史●知識●爆笑大放送

2024年8月初版

國際書號 ISBN 978-988-8891-14-6